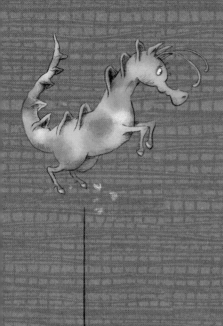

彩垩时代
（彩垩纪）

轻盈时代
（漂浮纪）

阴森时代
（地狱纪）

风的话，大约 1873 万时间英里　　　开快车的话，大约 1778 万时间英里　　　大约 1657 万时间英里

酱瓜教授的绝密手册

——关于那些从未存在过却已经灭绝的动物

为我的孙子约纳斯写的日记

[德]安德烈亚·朔姆堡 文

[德]多萝特·曼科普夫 图

高湔梅 译　罗亚玲 审校

上海教育出版社
SHANGHAI EDUCATIONAL
PUBLISHING HOUSE

酱瓜教授的绝密手册
JIANGGUA JIAOSHOU DE JUEMI SHOUCE
——关于那些从未存在过却已经灭绝的动物

Text by Andrea Schomburg

Illustration by Dorothee Mahnkopf

Originally published under the title:

Professor Murkes streng geheimes Lexikon der ausgestorbenen Tiere, die es nie gab

© Tulipan Verlag GmbH München/Germany, 2016

www.tulipan-verlag.de

Chinese simplified translation copyright © 2017 by Shanghai Educational Publishing House

ALL RIGHTS RESERVED

本书中文简体字版权通过版权代理人高湔梅获得

本书中文简体字翻译版由上海教育出版社出版

版权所有，盗版必究

上海市版权局著作权合同登记号 图字09-2017-209号

图书在版编目(CIP)数据

酱瓜教授的绝密手册:关于那些从未存在过却已经灭绝的动物 /（德）安德烈亚·朔姆堡文；（德）多萝特·曼科普夫图；

高湔梅译. 一上海：上海教育出版社，2017.10

（星星草绘本之智慧启迪绘本）

ISBN 978-7-5444-7794-9

Ⅰ.①酱… Ⅱ.①安… ②多… ③高… Ⅲ.①儿童故事-图画故事-德国-现代 Ⅳ.①I516.85

中国版本图书馆CIP数据核字(2017)第241602号

作　者　[德]安德烈亚·朔姆堡/文
　　　　[德]多萝特·曼科普夫/图
译　者　高湔梅
审　校　罗亚玲
策　划　智慧启迪绘本编辑委员会
责任编辑　李　莉
美术编辑　赖玟伊

智慧启迪绘本

酱瓜教授的绝密手册——关于那些从未存在过却已经灭绝的动物

出版发行　上海教育出版社有限公司
官　网　www.seph.com.cn
地　址　上海市永福路123号
邮　编　200031
印　刷　上海盛通时代印刷有限公司
开　本　787×1092　1/12　印张 3.3333
版　次　2017年10月第1版
印　次　2017年10月第1次印刷
书　号　ISBN 978-7-5444-7794-9/I·0078
定　价　29.80元

如发现质量问题，读者可向本社调换　电话：021-64377165

亲爱的约纳斯：

　　你知道，我有时连续几周出去进行科研考察，大家都以为我是在非洲或者澳洲，其实，我没有去那些地方，而是回到了过去。我发明了一台时光穿梭机，叫"极速车"。坐上这台极速车，可以回到地球很久以前的时代。这可是个大秘密！我只告诉你，你绝不能让别人知道，我可不想有人来偷走极速车。只可惜，这辆车只能坐一个人，要不然我肯定带你一起去了。不过，我为你写了日记，还把研究过的东西都记了下来，这样就可以让你身临其境了。

　　致以问候！

爷爷：酱瓜教授

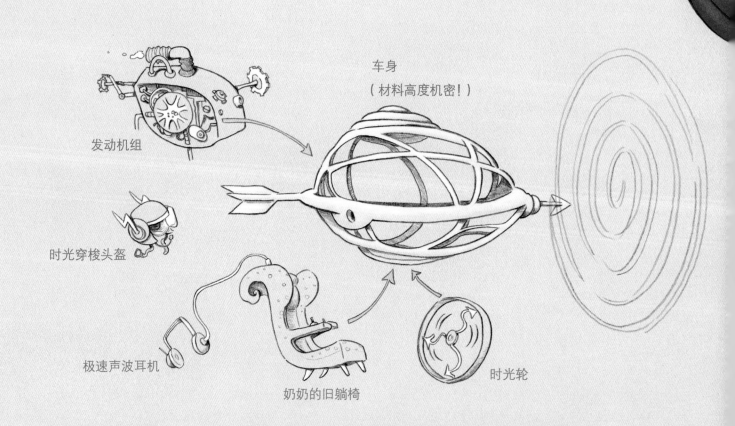

发动机组

车身

（材料高度机密！）

时光穿梭头盔

极速声波耳机

奶奶的旧躺椅

时光轮

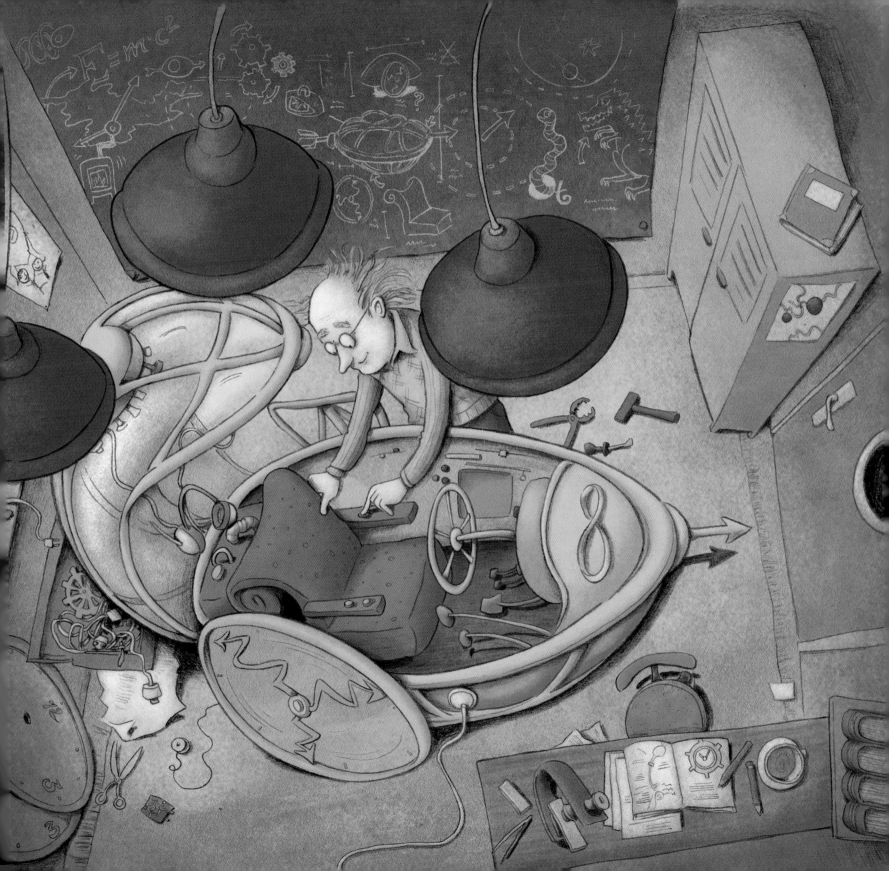

雾时代（迷雾纪）

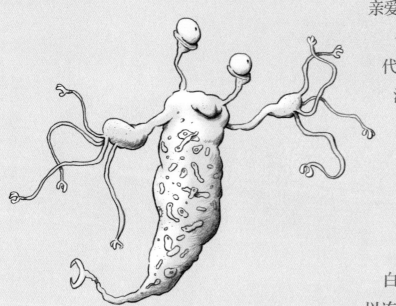

亲爱的约纳斯：

今天我回到了最古老的年代——雾时代。这个时期，几乎整个世界都被原始海洋覆盖着。还好，我的极速车能游泳！

原始海洋同时拥有蓝色、红色、绿色和黄色。太阳升起来了，我第一次推开极速车的车顶——整个海面上空飘满了各种动物！我把它们称为**薄雾动物**，因为它们都像雾一样轻盈。

白天，它们一起在空中嬉戏、跳舞，你可以连续几小时看着它们，一点也不会觉得无聊；晚上，它们沉入海中，第二天早上又重新浮出海面。这是怎么回事？我思考和研究了很长时间，后来才搞清楚，每个**薄雾动物**都由上百万只极小的迷你**虹虫**组成，它们在温暖阳光的照射下升出海面，又在夜晚的冷空气中沉入海中。

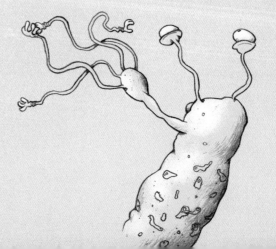

糖时代（甜蜜纪）

亲爱的约纳斯：

今天我来到了糖时代。一开始，我还以为降落在了最寒冷的严冬，周围所有的一切都是白色、白色、白色。为了防止刺眼，我得赶快带上墨镜。这里不知有多暖和呢！狂风把细小的白色晶体吹到我的脸上，我尝了尝，发现这儿的雪是甜的。其实这些白色晶体不是雪，而是糖！你能想象吗，这个时期，整个地球都被糖覆盖着。

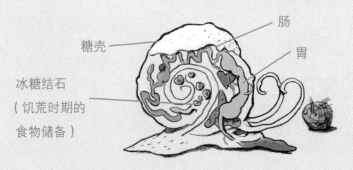

糖壳

肠

胃

冰糖结石
（饥荒时期的
食物储备）

巨大的冰糖山脉在阳光下闪闪发光，焦糖瀑布飞流直下——你知道什么是焦糖吗？你曾经和奶奶一起做过焦糖，焦糖融化后会变成棕色的液体。高耸的棒棒糖森林里，**糖蜗牛**在缓慢爬行。它们永远在躲避自己最大的天敌——**糖鳄鱼**。凶猛的**糖鳄鱼**总是没有好心情，因为当它们睡觉的时候，**糖豆甲虫**会来啃掉它们的胡须。甲虫们把啃下来的胡须滚成粉红色透明的球，它们在里面产卵，这些彩色的卵被称为"糖豆"。

彩垩时代（彩垩纪）

亲爱的约纳斯：

　　你知道，有时我会因为被某些东西深深地感动而写几句诗。在研究彩垩时代的时候，我用红色粉笔在白色垩岩上为垩马写了下面这首诗：

小垩马

极速车载着我飞驰，
嗖嗖嗖，来到了彩垩时代。
时光游客瞪大了眼睛，
整个世界都被垩岩覆盖。
所以，这个时代的研究者，
称它为彩垩纪。

那里生活着快乐的**小垩马**，
从嘴巴到尾巴，全身彩色。
骑士只有 50 克，
是一块黄色的**黑板海绵擦**，
脚穿一双袜，头戴绒线帽。
两个人相处，和平而友好。

彩垩时代空气干燥，
没有树叶，没有水，
只有各色的垩岩灰。
不知怎的，
这一天居然下起雨来，
真是倒霉！
骑士浑身湿透，

吸了一身水，
越来越沉，
小垩马快要驮不动它。
一阵小跑，一个山羊跳，
转眼间骑士被甩掉。

骄傲的小垩马，
融化成一滩彩色的水。
水中有两只条纹袜，
一顶绒线帽，
还有一块巨大的**黑板海绵擦**，
重 34 千克。

所有的这些都变成化石，
七年前在基尔被发现，
收藏进了博物馆。
我们可以一起去那儿看一看，
告诉我，你什么时候有时间？

我开着极速车回到家，吃了一个面包加酱黄瓜。

来自爷爷的问候！

酱瓜教授

能重新生长的锚尾巴

飞行蝙蝠鱼

轻盈时代（漂浮纪）

亲爱的约纳斯：

今天我走下极速车时，四周传来一阵阵笑声，"咯咯咯""扑哧扑哧"，还有尖笑声。这个时代的居民们永远都有好心情，总能找到乐子。

飞艇象一边吹着喇叭，一边在空中滑翔，就像一只巨大的氢气球。**飞铲鹿**在飞行中用铲子掌握方向。这个时代的地心引力看起来非常非常弱，所以，大个头们也都像羽毛一样轻盈。**吸盘青蛙**有时把自己吸在地面上，这样才不至于飞走。

就连我，突然之间也能一窜十米高——这真是很棒的感觉！小心起见，我用一根长绳子把自己和极速车拴在一起，以保证我能回到车里！

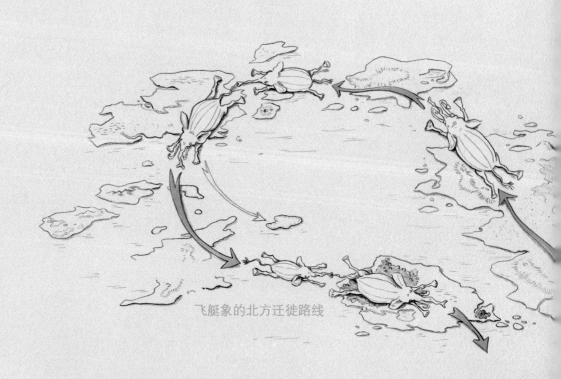

飞艇象的北方迁徙路线

阴森时代（地狱纪）

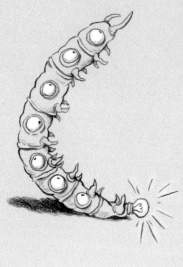

亲爱的约纳斯：

哎呀呀，太可怕了！直到现在我还是一身鸡皮疙瘩！今天我去了阴森时代。那里不分昼夜，雾蒙蒙，黑漆漆，远处传来嚎叫声和低语声。我爬出极速车时，闻到一股恶臭，比你不久前踩到的狗屎有过之而无不及。原来，是一只**剑龙猪**在极速车旁放了一个屁，太恶心了！幸好我在兜里找到一个夹子，赶紧用它夹住自己的鼻子。

之后，我又被一只**吓人兽**给缠住了，真是吓了我一跳！"呼呼呼呼！"**吓人兽**吼叫着，和你披着奶奶最心爱的台布装神弄鬼的时候一样。想到这儿，我忍不住笑了，于是浑身抖动起来。你能想象吗，**吓人兽**竟然开始尖叫，就像我掐了它似的，一会儿就不见了。

后来，我一直努力想一些好笑的事情，这样，**吓人兽**就不会出现了。我的研究还表明，它们一直想要通过噩梦进入我们的时代，但是多数都不成功。如果它们真的在梦里拜访了你，你就只管笑，这样就能立刻把它们赶跑！

风暴时代（狂骤纪）

亲爱的约纳斯：

　　当我驾着极速车在风暴时代着陆时，大雨噼里啪啦打在窗玻璃上，我什么也看不见。我披上雨衣，穿上雨靴，撑开雨伞。不过我真的不应该这么做，因为雨伞即刻就被狂风卷走了，被吹到两棵巨型蘑菇的中间。这个时期的动物们，它们的洞穴都建在这些随处可见的巨型蘑菇里。

　　比如，可怜的、怕水的**兜帽鼠**，好奇的**翻盖甲虫**，还有馋嘴的**蓬蓬猫**。**蓬蓬猫**的日子不错，大风把小昆虫都吹进了它蓬乱的头发里，它只需用爪子捋一下头发，就能把昆虫大把大把地送进嘴里。

　　风暴时代的女王是**风筝蛇**。它在暴风中起舞，将**水滴甲虫**吸入口中，纵情地尖声高歌。

关上

打开

翻盖甲虫

黏糊时代（胶塑纪）

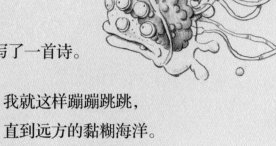

亲爱的约纳斯：

    当我在黏糊时代跳来跳去的时候，我又写了一首诗。

极速车载着我飞驰，
嗖嗖嗖，来到了黏糊时代。
时光游客瞪大了眼睛，
整个世界都是黏糊糊的。
所以，这个时代的研究者，
称它为胶塑纪。

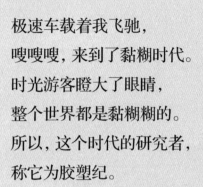

这里五颜六色的树木，
全部来自工艺黏土。
每一根树枝都让人相信，
它们是你昨天晚上刚捏成的。
树上的苹果全是橡胶，
像彩色皮球那样弹来弹去。
如果它们从树上掉下，
就会扑通扑通轻声落地。

你可以在草茎上滑行，
你可以在地面上弹跳，
这一切都毫不费力，
就像玩跳跳床一样。

我就这样蹦蹦跳跳，
直到远方的黏糊海洋。
整片大海充满黏液，
蓝色的蒸汽笼罩上方。

一个巨大的果冻布丁池，
透明的**黏糊象**居住在这里。
太酷了！它长什么样子？
你看，我给你画了下来。

它们要过很久才会灭绝。

我开着极速车回到家，吃了一个面包加酱黄瓜。

来自爷爷的问候！

酱瓜教授

混合时代（杂交纪）

豌豆蝗虫

亲爱的约纳斯：

今天我走下极速车的时候，一朵郁金香飞到我的脑袋上。"砰！"好在郁金香不重。"谁扔的花？"我还有点发懵，却看见郁金香抖抖花瓣，飞走了。这是一朵像蜻蜓一样能飞的郁金香，一个**郁金蜻蜓**！

这个时代的所有生物都既是植物，又是动物，所以你得格外当心。比如，迁徙森林里的树木总是不停地你争我抢，跑到湖边去喝水，在那里你就特别容易迷路。你每一步都得当心，别踩到一株刚才还不在这儿，转眼却跑了过来的**旅行仙人掌**上。最危险的要数**锤子藤**，它们在地面上蔓延，把所有挡道的东西都砸得稀巴烂。好在我及时跳到一边，躲过一劫。我回到家里，吃着奶奶烤的苹果蛋糕，庆幸不已。

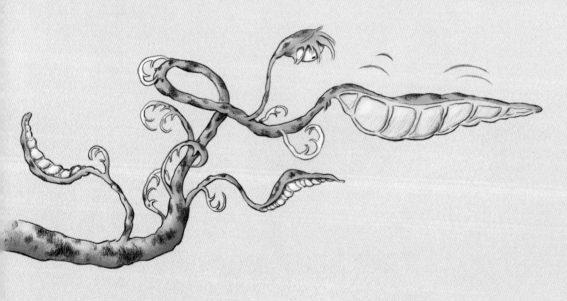

争吵时代（决斗纪）

亲爱的约纳斯：

　　幸好你没有一起来，这趟旅程可不轻松。还在极速车里，我就听见大声的尖叫、吼叫和打骂声，我赶紧往耳朵里塞棉花。因为，在这个时代，所有的动物都在无休止地争吵着。**双头狗猪**甚至和自己吵个不停：

　　　你这头又肥又蠢的懒猪，
　　　快把洞打扫干净！

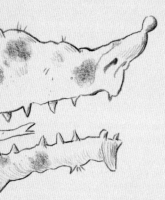

　　　总是我打扫！哼，这可真好！
　　　你一天到晚就知道赖在床上！

　　　只有蓝色的小**天青熊**很可爱。它必须忍受这种无休止的争吵，那简直太可怕了！它总是紧张地眨着眼睛，一直用手捂着耳朵，直到我把它带进极速车，它才慢慢安静下来，快活起来。我把它带回了我们的时代，它就在我这儿等着你。这么可爱的宠物，你的朋友们肯定都没有。

沉睡时代（酣眠纪）

亲爱的约纳斯：

今天我走下极速车时的第一个反应就是，四周是如此的安静。在黄昏温暖的光线中，我不时听到心满意足的喘息声，惬意的鼾声和平静的呼吸声。

我惦着脚尖，小心翼翼地穿行在巨大的缬草丛中，生怕打扰到谁。你知道，奶奶睡不好觉时吃的那种药水，就是从缬草中提炼出来的。不过，如果生活在这个时期，奶奶一定会睡得很香。你想，大多数动物一直在睡觉。即便它们要动一动，动作也是慢的。空气中充满了令人陶醉的香甜味。**千睡虫**和**瞌睡熊**在它们的干草洞里打着鼾，幽光蜡烛林里的花蜜直接滴到它们张开的嘴巴里。树梢上，**夜游飞蛾**像在梦中一样，转动着树叶口袋收集花蜜。所有这一切都很慢很慢，很轻很轻。就连对声音最敏感的**一声不吭鼠**，也会在这个时期觉得无比幸福。

亲爱的约纳斯，在回去之前，我也得先小睡一会儿了。我感到一阵无比美妙的困意。晚安！

亲爱的约纳斯：

　　为了能让你更好地想象，我为你带回了每个时代的一些东西。快点来看我吧，你就可以亲眼见到它们了。

　　还有，我正在为极速车设计拖车，这样，下一次你就可以跟我一起去了，而且你可以决定去哪里。现在就考虑起来吧，我们的下一趟旅程将开往哪个时代？

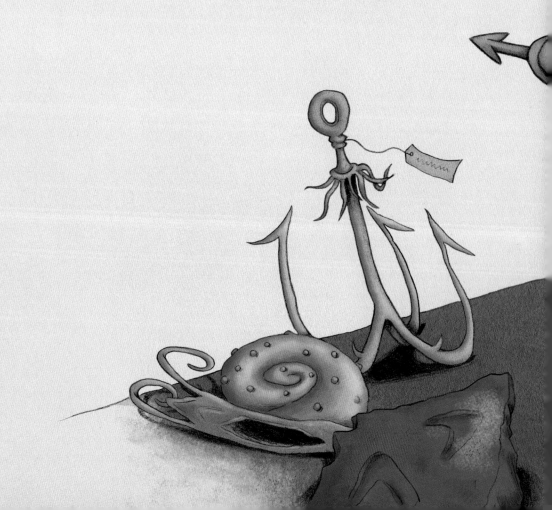

词汇表

薄雾动物（雾时代） 在原始海洋上方形成的不断变化的生命形态。外部形态：多变。参见"虹虫"。

虹虫（雾时代） 单个虹虫的身长为 0.35 厘米。颜色：各不相同。生活空间：原始海洋。行为：清晨，虹虫们在原始海洋上方集结成薄雾动物，晚上沉入海中。

糖蜗牛（糖时代） 不寻常的进食方式与行动方式的组合：用舌头爬行的同时，舔食糖。对环境的完美适应：白色的蜗牛壳（伪装色），黑色的睫毛（防止因糖耀眼造成失明）。天敌：糖鳄鱼。

糖鳄鱼（糖时代） 生活空间：糖层下的洞穴。

喜爱的食物：糖蜗牛。形态：引人瞩目的粉红色的胡须，但是大多数能见到的糖鳄鱼没有胡须。参见"糖豆甲虫"。

糖豆甲虫（糖时代） 吃糖的扁形昆虫。甲壳：粉红色—白色。偷偷啃掉糖鳄鱼的胡须，将它们滚成粉红色透明的球，并在球中产卵。五颜六色的卵被称为"糖豆"。

垩马（彩垩时代） 长得像龙但很善良的有蹄类动物，由彩垩形成。身长：约 35 厘米。生活空间：垩岩。食物：垩岩灰。最大载重量 50 克，与黑板海绵擦共生。

黑板海绵擦（彩垩时代） 体重：50 克（干），或 34 千克（湿）。食物：垩岩灰。与垩马共生。

飞艇象（轻盈时代） 旅游大巴大小的原始象。由于轻盈时代微弱的地心引力而无法脱离空中生活。有号角一般的象鼻。食物：空气和爱。

飞铲鹿（轻盈时代） 生活空间：空中。形态：鹿形。性格：不正经。喜好：和飞艇象搞愚蠢的恶作剧。行动：空中远距离跳跃，用铲子控制方向。

吸盘青蛙（轻盈时代） 和青蛙相近的两栖动物。在地心引力极弱的轻盈时代，主要生活在空中。必要时通过背部中央的吸盘落地。

剑龙猪（阴森时代） 食物：臭苔藓。注意：剑龙猪的屁由于具有类似狗屎和臭鸡蛋的浓重臭味，可能导致体质敏感的人昏厥。另外，由于屁的易燃性，还存在爆炸的危险。

吓人兽（阴森时代） 形态：云雾状，阴冷。身高：大小不等。颜色：深灰色至黑色。将猎物团团围住，试图用"呼呼呼呼"的吼声吓人。可用笑声驱散。

兜帽鼠（风暴时代） 生活空间：巨型蘑菇里的洞穴。尤为怕水，用兜帽尽可能地遮挡雨滴。食物：翻盖甲虫。因甲虫壳不易消化而容易得消化不良症。

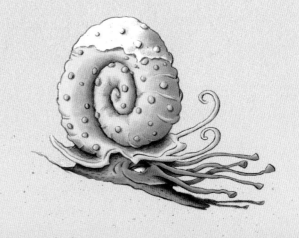

翻盖甲虫（风暴时代） 生活空间：巨型蘑菇。性格：好奇，好动。一般来说，借助甲壳能够很好地防御天敌（除了兜帽鼠）。

蓬蓬猫（风暴时代） 猫一样大小的长毛动物。十分贪吃，却没有明显的捕猎行为。食物：被风暴吹进头发里的昆虫，只需用爪子将出来，即可送入嘴中。

风筝蛇（风暴时代） 生活空间：空中。食物：水滴甲虫。形态：两翼张开的宽度为313厘米，有313根灵活的椎骨，因此具有绝佳的飞行本领。

黏糊象（黏糊时代） 生活空间：黏糊海洋。形态：流线型。像电影慢镜头似地缓慢行动。肺部呼吸通过对接芦苇杆完成。透明，黏滑，很难捕捉。

郁金蜻蜓（混合时代） 迁徙森林上空，郁金香形状的动植物混合体。开始是植物（球茎），之后成为蜻蜓一样的大型昆虫。具有良好的飞行性能，方向性有一定的局限。

旅行仙人掌（混合时代） 迁徙森林中极其热爱游走的动植物。爱在缺水环境中游走。因为身上有刺，成为唯一无法被锤子藤捣成糊的生物。

锤子藤（混合时代） 迁徙森林中的爬行动植物。食物：因没有牙齿，需在吞食前将食物捣成糊。注意：作为杂食动植物，它什么都吃（除了旅行仙人掌）。

双头狗猪（争吵时代） 性格：诡计多端。生活空间：洞穴。食物：所有它能得到的东西。经常由于和自己争吵而丧失决断力。

天青熊（争吵时代） 颜色：蓝色。性格：极为敏感，十分乖巧。因生活在充满攻击性的环境中，承受着极大的压力。

千睡虫（沉睡时代） 生活空间：幽光蜡烛林。形态：类似条纹睡衣的皮毛。寻找食物（幽光蜡烛林里的花蜜）时，极缓慢地漫游。

瞌睡熊（沉睡时代） 绝大多数时间在干草洞中睡觉的动物。鼾声：轻微。行动：慢动作级别，能不动就不动。打呵欠时进食，幽光蜡烛林里的花蜜直接滴入它张开的嘴里。

夜游飞蛾（沉睡时代） 生活空间：幽光蜡烛林里的树梢上。慢动作似地缓慢行动。一天大约睡20个小时。在由树叶缓慢旋转形成的储满花蜜的口袋中产卵。

一声不吭鼠（沉睡时代） 形态：老鼠般大小的啮齿动物。生活空间：缬草丛中。喜爱的食物：缬草浆果。特别需要休息，对声音极度敏感。

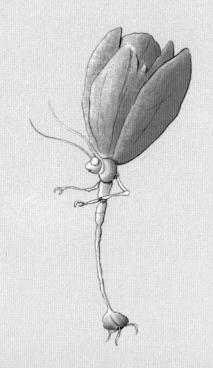

安德烈亚·朔姆堡（Andrea Schomburg）

生于埃及开罗，长于德国莱茵兰 - 普法尔茨州，现生活在汉堡。喜欢创作诗歌，第一本诗集发表于 2007年。她的诗歌、散文等作品常被改编成舞台小品。在成为童书作家之前，曾满怀热情长期在汉堡一所文理中学担任教师。2012 年起，在洛伊法纳大学任教。

多萝特·曼科普夫（Dorothee Mahnkopf）

1967 年生于德国柏林，现生活在莱茵兰 - 普法尔茨州。在奥芬巴赫艺术学院攻读视觉传媒专业。作为自由插画家，15 年来为许多出版社的童书、教材、手工制作书籍作画，并为报纸、杂志创作插画。在柏林主持儿童创作课程，并在埃尔福特大学授课。

风暴时代
（狂骤纪）

黏糊时代
（胶塑纪）

混合时代
（杂交纪）

将近 1583 万时间英里

1403 万或 1404 万时间英里

1398 万甚至 1400 万时间英里